BIG SISTER HALLOWEEN ACTIVITY BOOK

Trace and color

Color the monsters

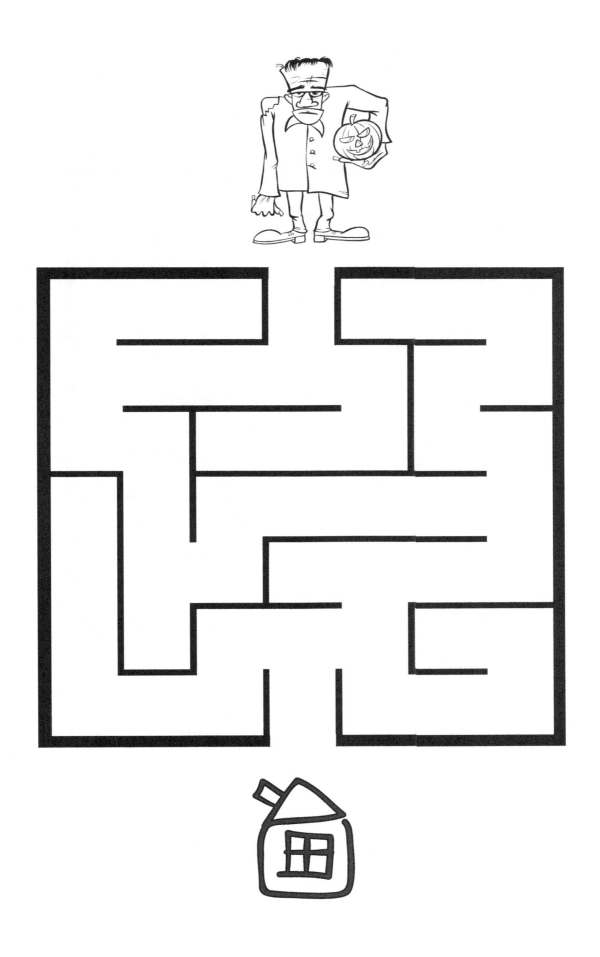

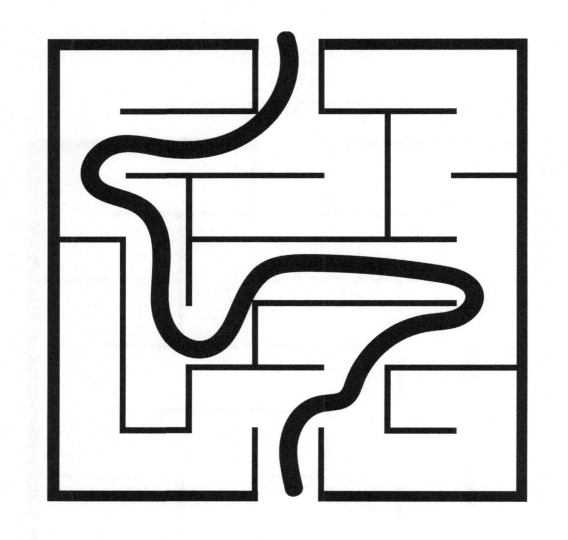

Aa Bb Cc Dd Ee

Ff Gg Hh Ii Jj

Kk Ll Mm Nn Oo

Pp Qq Rr Ss Tt

Uu Vv Ww Xx Yy

Zz

Trace and color

Color the monsters

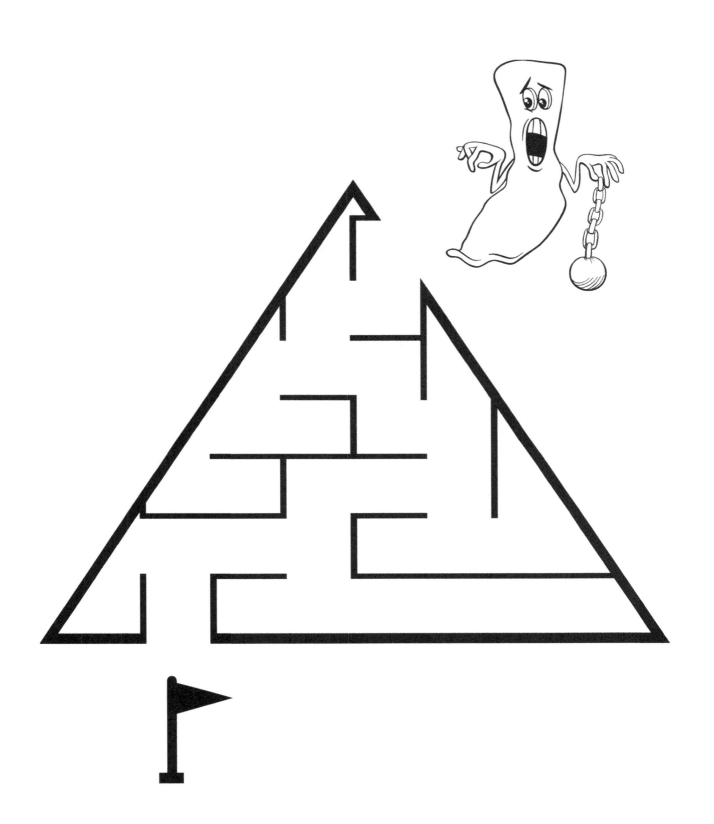

Aa Bb Cc Dd Ee

Ff Gg Hh Ii Jj

Kk Ll Mm Nn Oo

Pp Qq Rr Ss Tt

Uu Vv Ww Xx Yy

Zz

Trace and color

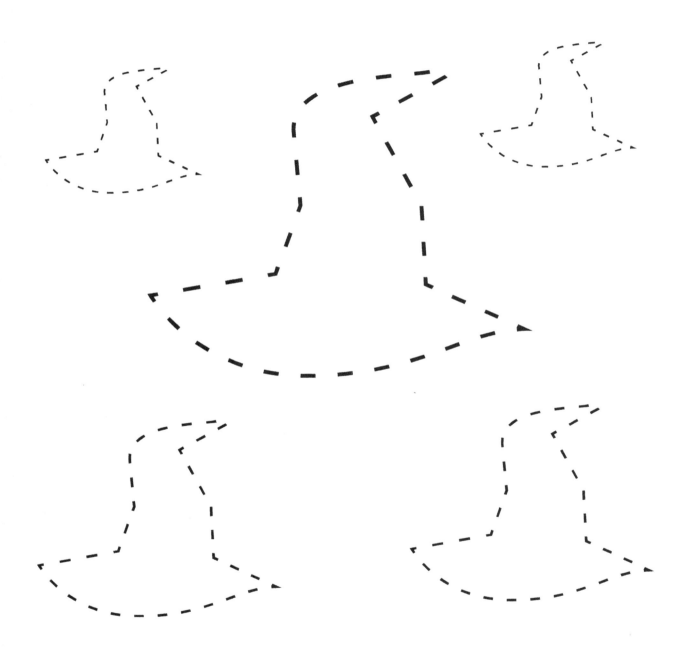

Color the monsters

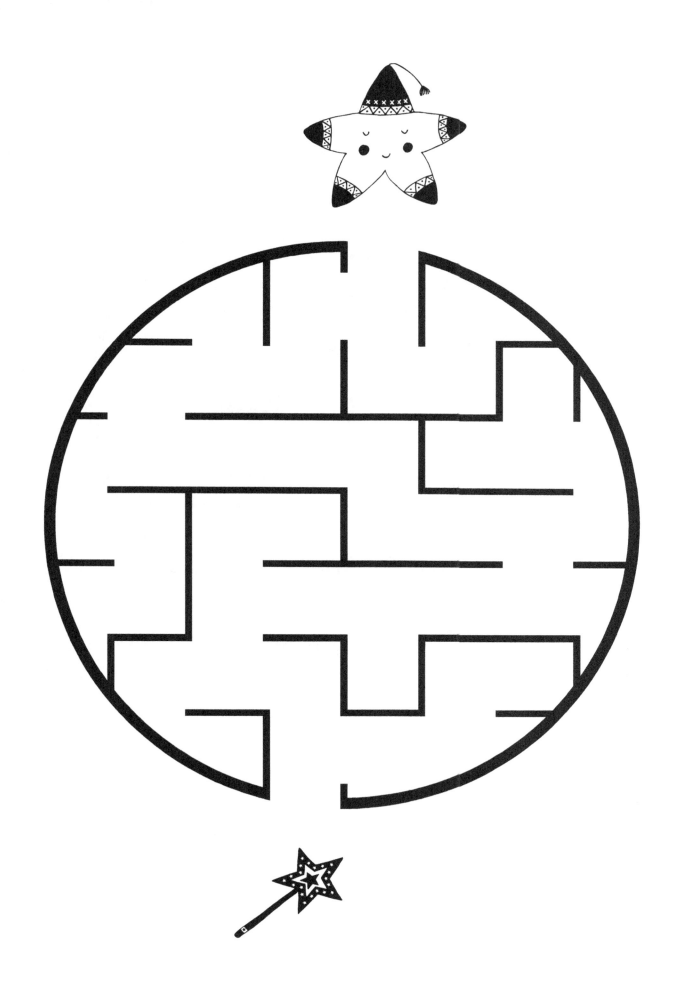

 # My name is

Trace and color

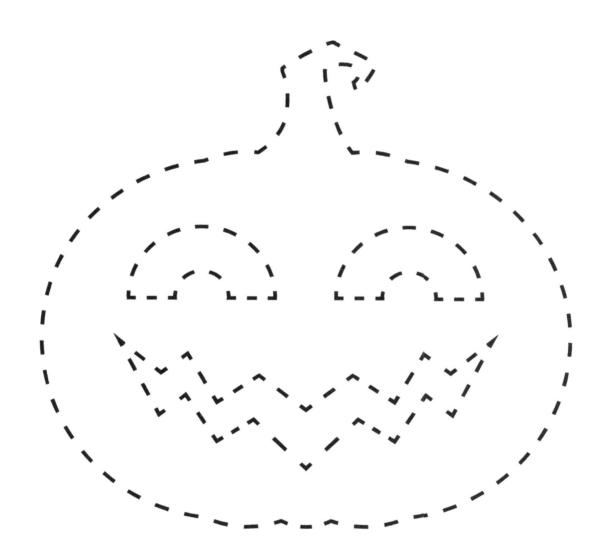

Color the monsters

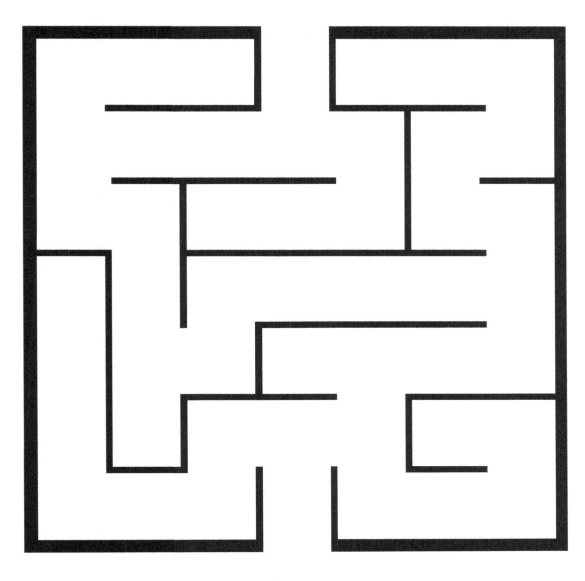

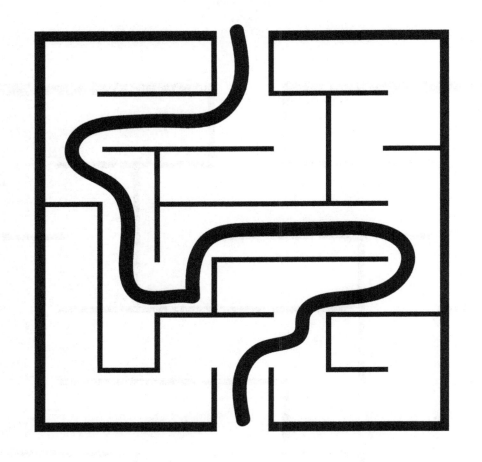

 # My name is

Trace and color

Color the monsters

Made in the USA
Coppell, TX
25 August 2021

61168028R00031